LA FÊTE DES DRAPEAUX

POÈME

Composé en souvenir de la Fête nationale du 30 juin 1878

PAR

EUGÈNE ENFONCE

LAURÉAT DE PLUSIEURS SOCIÉTÉS SAVANTES
ET HUMANITAIRES

PARIS

CHEZ L'AUTEUR, 62, RUE LA CONDAMINE

—

MDCCCLXXIX

LA FÊTE DES DRAPEAUX

POÈME

Composé en souvenir de la Fête nationale du 30 juin 1878

PAR

EUGÈNE ENFONCE

LAURÉAT DE PLUSIEURS SOCIÉTÉS SAVANTES
ET HUMANITAIRES

PARIS

CHEZ L'AUTEUR, 62, RUE LA CONDAMINE

MDCCCLXXIX

A MONSIEUR LE MINISTRE

DE

L'INSTRUCTION PUBLIQUE

ET DES BEAUX-ARTS

GRAND-MAITRE DE L'UNIVERSITÉ

Respectueux hommage

D'EUGÈNE ENFONCE

RÉDACTEUR EN CHEF

DU *LYCÉEN* ET DU *VOLONTAIRE*

I

Réjouis-toi, Paris, abandonne ton deuil,
Tu peux, comme autrefois, être rempli d'orgueil.
Parmi les cités-sœurs, lève bien haut la tête ;
Revets tes ornements et tes habits de fête :
Il est venu le jour qu'ont choisi tes enfants,
Pour orner tes autels de lauriers triomphants.

Vois, partout on élève, en monceaux de verdure
Qu'on emprunte aux trésors de la riche nature,
Des guirlandes, des arcs, parsemés de drapeaux,
D'étendards éclatants et d'élégants rinceaux.

Tout s'apprête à fêter ta brillante auréole,
Où la Paix a placé son bienfaisant symbole ;
Où la Concorde plane au-dessus des partis
Et donne aux envieux d'étonnants démentis.

Le jour a lui. L'éclair annonce, dès l'aurore,
L'ouverture des chants, et le canon sonore
Jette sa salve au vent pour saluer ton nom
Que murmurent, au loin, les voix de l'horizon.

Partout les tons joyeux du drapeau tricolore
Scintillent aux rayons du soleil qui les dore.
Les chansons vont au ciel rapporter leurs refrains
Et caresser les airs de leurs nombreux quatrains.

Des fenêtres sans fin qu'ornent les banderolles,
S'élancent mille fleurs aux fraîches alvéoles.
Le zéphir doucement balance les festons
Qu'on a su disposer sur le haut des frontons,
Et fredonne son chant en frôlant les bannières.
Qui suivent ses baisers en bandes buissonnières.

L'onde n'est pas à craindre, Éole est au repos,
Et Phébus apparaît, qu'acclament les échos.
L'écusson communal emprunte sa parure
Aux roses des jardins dont la belle ceinture

Entoure le vaisseau de la vieille Cité.
Il flotte radieux, par les flots balloté ;
Mais jamais jusqu'au fond de l'abîme il n'enfonce,
Car un Dieu le protège et toujours lui dénonce
L'écueil caché sous l'eau qui pourrait le briser,
Et la vague en courroux qui voudrait l'écraser.

Réjouis-toi, Paris, abandonne ton deuil,
Tu peux, comme autrefois, être rempli d'orgueil.
Parmi les cités-sœurs, lève bien haut la tête ;
Revets tes ornements et tes habits de fête :
Il est venu le jour qu'ont choisi tes enfants,
Pour orner tes autels de lauriers triomphants.

La joie est dans les cœurs, dans l'âme est l'allégresse ;
Chacun ne connaît plus de sujets de tristesse :
Riches et pauvres, tous chantent l'hymne vainqueur,
Que jadis nos soldats entonnèrent en cœur,
Lorsqu'ils allaient punir, aux champs de la Lorraine,
Ceux qui voulaient livrer la France souveraine
Aux bandits révoltés contre la Nation,
Et qui s'étaient ligués pour sa perdition,

Dans la plaine où jadis Mars, l'époux de Bellone,
Voyait les escadrons défiler en colonne,
Règne aujourd'hui le dieu du commerce et des arts,
A l'abri des replis des nombreux étendards
Des peuples fédérés pour la Sainte-Alliance,
Et se donnant entre eux solennelle audience.

A côté des couleurs du pavillon français
Qu'illustrèrent Marceau, Kléber, Hoche et Desaix,
(Clairons, sonnez aux champs!) la brumeuse Angleterre
A placé le drapeau qui dans chaque hémisphère,
— Aux Bermudes, à Malte, à Lahore, à Natal, —
Assure le respect de son pouvoir naval.

Bien que de Malakoff le czar ait souvenance,
Il pardonne pourtant les succès de la France :
Son aigle à double tête orne, sur un champ d'or,
Le blason moscovite et prend part au décor.

L'Autriche plus ne pense aux charges meurtrières
Des champs de Magenta ; ses jaunâtres bannières
Se mêlent volontiers aux chatoyants faisceaux,
Qui, sur nos boulevards, s'élèvent en arceaux.

L'Espagne a son castel, son lion de parade
Sur un tapis doré, ses lis et sa grenade;
Le Portugal ses tours, ses besans en sautoir;
La Belgique un lion rampant sur un fond noir,

La maison de Savoie, à qui notre alliance
Donna Parme, Lodi, Naples et Florence,
Rend hommage aux soldats qui firent Turbigo,
Palestro, Marignan, Milan, Solférino.

De la libre Helvétie, une croix est l'emblème.
Blanche sur un fond rouge, elle crie anathème
Aux ennemis du peuple et de la liberté;
C'est le signe sacré de la neutralité.

Là balance ses plis le drapeau des Hellènes
Que respectent les fils de la savante Athènes.
D'azur à la croix blanche, il bénit Navarin
Qui délivra les Grecs d'un pouvoir suzerain.

Du Nord les fanions couronnent nos portiques,
Transportant à Paris leurs villages gothiques,
Et réchauffent leurs plis aux rayons du soleil
Qui baise leurs couleurs de son éclat vermeil.
Suède et Danemarck, Néderlande et Norwège,
Vous formez parmi nous un élégant cortège.
Vous vous mêlez aux rangs des soldats du Progrès.

Étalez vos blasons, prenez place au Congrès;
L'industrie et les arts vous mandent aux assises,
Où vont se discuter leurs droits et leurs franchises.

La Chine a son dragon et Stamboul son croissant,
Siam un éléphant au corps éblouissant,
La Perse son lion, armé d'un cimeterre ;
Les Birmans ont un paon, le Brésil une sphère.

Il n'est de monument, il n'est aucun portail
Qui ne se couvre pas d'or, d'argent ou d'émail.
Les fils de Washington nous doivent Lafayette,
Et les États-Unis, pour nous payer leur dette,
Nous ont tendu la main par-delà l'Océan.
Hommage précieux d'un peuple bienséant,
Nous le recevons, nous, les enfants de la Gaule,
Comme l'heureux signal d'un pacifique rôle;
Car ce sublime exemple, aux farouches guerriers,
Annoncera la fin des combats meurtriers.

L'Amérique du Sud qui, par notre influence,
Put planter l'étendard de son indépendance,
N'a garde de manquer au joyeux rendez-vous
Pour exprimer les vœux qu'elle forme pour nous.

Ne baisse plus le front, ô mon pays, ô France,
De l'Univers entier, reçois ta récompense.
A toi la palme, à toi le sceptre d'olivier,
Qui partout fait chérir ton nom hospitalier.

Réjouis-toi, Paris, abandonne ton deuil,
Tu peux, comme autrefois, être rempli d'orgueil.
Parmi les cités-sœurs, lève bien haut la tête ;
Revets tes ornements et tes habits de fête :
Il est venu le jour qu'ont choisi tes enfants,
Pour orner tes autels de lauriers triomphants.

II

Les Ministres sont là présidant au tournoi.
L'Orient s'y rencontre avec un puissant roi
Auprès des potentats de l'Europe latine
Et des représentants de la zone argentine.

On découvre aux regards un bloc au front serein.
Dont l'habile structure annonce un fin burin.
Ce sont les traits aimés de notre République
Que salue, au signal, une ode symphonique.

De brillants orateurs en discours éloquents
Admirent les efforts des ouvriers marquants,
Dont le talent a su réunir, dans l'enceinte,
Tant de chefs-d'œuvre ornés d'une artistique empreinte.

Honneur à l'industrie, aux métiers libéraux.
Gloire soit aux auteurs de ces nobles travaux!
Respect à l'ouvrier, confiance au négoce,
Nous avons à remplir tous notre sacerdoce.
Nous sommes les soldats dévoués au progrès,
Il faut en pénétrer les séduisants secrets.

Honorons le travail, nous chasserons la guerre,
Et bientôt on verra, par tous lieux de la terre,
Naître les doux effets de la prospérité,
Et chacun célébrer l'hymne de liberté.

Pour les Français jaloux d'oublier les offenses,
Il n'est plus d'ennemis. Il n'est plus de distances
Non plus, dans leurs foyers, entre l'humble artisan,
Le baron, le prince ou l'agreste paysan.

Découvrons-nous devant ces couleurs immortelles :
Le bleu, le blanc, le rouge, en bandes parallèles.
Saluons le drapeau des succès à venir,
Qu'un moment de revers n'a pu même ternir.

Chacun se fait honneur d'orner sa boutonnière
De la cocarde où s'ouvre une fleur printanière.
Les femmes l'ont au sein, et jusques au chapeau,
On voit se pavaner les couleurs du drapeau.

Dans la ville en liesse, on entend les fanfares.
Mêlant dans leurs accents dièzes et bécarres,
Accompagner les chants de mélodieux chœurs,
Qui versent le plaisir dans tous les mâles cœurs,
Et si parfois résonne une chanson guerrière,
Qu'on entonnait jadis pour sauver la frontière,
C'est plutôt pour payer un sincère tribut
Aux auteurs de nos droits, c'est un noble salut
Qui va jusqu'à celui qui de nous fit des hommes,
Et de serfs féodaux nous fit ce que nous sommes.

C'est en vain que des fous voudraient la transformer
En un chant de combat, ils ont beau s'escrimer,
Personne ne les croit ; car on sait que la France
Au règne du Travail donne son espérance.

« Paix-Travail, » ces deux mots sont enluminés d'or
Et dominent les arcs. L'astre de messidor
Les encadre de feux et pare la verdure
De lierre et de laurier qui leur sert de bordure.

Mais voici que Phébé, dont le quartier naissant
Perce l'azur du ciel, annonce en paraissant
Que Vesper va briller, et chacun aux agapes
Court finir ce beau jour. Dans les coupes, les grappes
Se changent en nectar, et, les verres en mains,
On acclame la fête aux heureux lendemains.

Les âmes s'unissant dans une sainte ligue,
On toaste à la défaite, à la mort de l'intrigue,
On proclame le droit des peuples au travail.
Honte à qui tenterait d'un vain épouvantail,
D'employer l'artifice et troubler l'harmonie
D'une fête où l'astuce aux noirs traits est honnie.

Réjouis-toi, Paris, abandonne ton deuil.
Ils avaient essayé de te mettre au cercueil,
Et voici que soudain sortant de léthargie,
Tu jettes ton suaire et mets fin à l'orgie
Que préparaient des sots, à ta perte acharnés.
Les insensés voulaient, dans leurs cœurs mutinés,
Faisant de tes amis une horrible hécatombe,
Te ravir ta couronne et danser sur ta tombe.
Mais leur crime est puni, l'Univers applaudit
A tes nouveaux succès, chaque peuple maudit,
Et les honteux desseins de l'infernale troupe
Et les complots formés dans cet indigne groupe.

Soudain l'espace brille et se pare de feux
Que cachent en leurs flancs des globes lumineux.
Le gaz prend mille aspects pour orner la nature.
Il semble, grâce à l'art, se mettre à la torture,
Pour augmenter l'éclat des dômes argentés
Et cacher les lambris des toits diamantés.

De corniche en corniche, une ardente couronne
Capricieusement se joue et se festonne,
Des cordons enflammés sillonnent les maisons
Et refoulent les murs sous leurs légers tisons.

Les temples, les palais, aux brûlantes coupoles
Dirigent vers le ciel leurs rouges auréoles,
Et paraissent porter au maître des Destins
Les multiples bravos et les vœux des humains.

Comme un miroir puissant, le fleuve aux eaux rêveuses
Reflète à sa surface, en lignes lumineuses,
Les rayons des soleils, aux flammes de rubis
Qui décorent ses flots d'un merveilleux tapis.

Dans ses bassins profonds, d'éclatantes nacelles
Balancent leurs pennons au milieu d'étincelles
Qui tombent par milliers, en immenses bouquets,
Et forment à l'entour de flamboyants bosquets.
On semble désirer que la nuit s'éternise,
Tant la fête en ses jeux nous transporte à Venise.

Dans la ville qui brûle, où d'entraînants couplets
Président aux concerts, d'étourdissants ballets
Accompagnent les sons d'orchestres populaires
Et font place à leur tour aux danses circulaires.

Tout à coup le canon unit sa sourde voix
Aux échos de bonheur qui remplissent le bois
Où la foule accourue attend les rouges gerbes
Qui doivent s'élever en montagnes superbes.

Les bombes jonchent l'air de leurs phares dorés
Et s'ouvrent pour tomber en lustres azurés,
Au milieu des massifs où le feu de Bengale
Se plaît à promener sa vapeur inégale.

A peine aperçoit-on, sous la voûte des cieux,
Le dernier projectile étinceler aux yeux;
A peine aperçoit-on la dernière fusée,
Que la foule aussitôt se sent électrisée.

C'est qu'elle voit passer la retraite aux flambeaux
Et les torches briller au milieu des drapeaux
Des braves cavaliers, à la lourde cuirasse,
Que n'oublieront jamais la Lorraine et l'Alsace.

On répète autour d'eux notre hymne des grands jours
Qu'harmonisent les cors, les clairons, les tambours,
Et dont les mâles sons réveillent l'espérance
Dans les cœurs des amis de notre chère France.

Minuit sonne ! On la voit avec peine finir,
Cette fête d'une ère au brillant avenir.
Gardons-en dans nos cœurs la touchante mémoire,
Et donnons-lui son rang dans nos fastes de gloire.

Réjouis-toi, Paris, abandonne ton deuil ;
Tu peux, comme autrefois, être rempli d'orgueil.
Parmi les cités-sœurs, lève bien haut la tête,
Garde tes ornements et tes habits de fête :
Il reviendra le jour où tes pieux enfants
Pareront tes autels de lauriers triomphants.

Paris. — Imprimerie Malabouche et Cellier, rue Taitbout, 72.